UN MENSONGE DE TROP

UN MENSONGE DE TROP

Aurélien Gilbert

ISBN 979-10-94170-00-7

Dépôt légal : septembre 2014

I

— Louis, tu es prêt ? On est en retard.

— Très drôle ! Tu viens de squatter la salle de bain pendant une heure.

J'avais pris un ton aussi convaincu que possible. Au fond, sa séance de maquillage m'avait permis de suivre tranquillement la fin de mon émission.

Delphine jeta un coup d'œil par l'entrebâillement de la porte.

— Ah je vois, tu avais besoin du lavabo pour mettre un pantalon ?

Il fallait toujours qu'elle ait le dernier mot. Je ne lui en tenais pas rigueur, le sens de la répartie était une qualité indispensable dans son métier. Delphine était professeur de biologie, elle enseignait dans un lycée de Biarritz où elle avait elle-même effectué une partie de sa scolarité. Originaire de Lyon, je l'avais rejointe deux ans auparavant pour emménager ensemble. Nous ne roulions pas sur l'or à cette époque, aussi avions-nous cherché le juste compromis entre une situation géographique convenable et une superficie raisonnable. Nous étions finalement tombés sous le charme d'un appartement en plein centre-ville, à deux pas des commerces et de la plage. Avec un peu d'espace en plus, c'eût été un véritable luxe. Mais pour tenir notre budget, nous nous étions résignés à troquer le T3 initialement prévu contre un studio simple mais fonctionnel, composé d'une salle à tout faire et d'un réduit à destination de salle de bain et de lieu d'aisance. Soit dit en passant, cette dernière pièce, dépourvue de baignoire, n'était pas à proprement parler une salle de bain et encore moins un lieu d'aisance, sauf peut-être pour un contorsionniste.

Nous disposions par chance d'une hauteur sous plafond importante dans la pièce principale et j'avais conçu de mes propres mains une mezzanine en bois permettant de récupérer quelques mètres carrés supplémentaires. Le lit occupait la partie supérieure, en-dessous se trouvait un bureau entièrement vitré dans lequel il était possible de tenir assis sans baisser la tête. Delphine y corrigeait ses copies à son gré pendant que je regardais la télévision juste à côté. Que l'on ne s'y méprenne pas, les émissions de bricolage et de décoration que je suivais étaient strictement liées à mon travail. J'étais architecte d'intérieur.

L'été venait de commencer. Les soirées étaient douces et une lumière aux éclats orangés inondait la ville. Ce vendredi-là, nous étions invités à dîner chez un couple d'amis, Alice et Maxime, qui habitaient un quartier voisin, à un quart d'heure à pied en marchant tranquillement. Cette fois nous étions contraints de forcer l'allure : au moment du départ, nous accusions déjà un retard de plus d'une demi-heure. Delphine prit les devants à petites foulées et je la suivis à grandes enjambées. Sur le trajet, notre rythme était tellement soutenu que nous nous interdisions d'échanger le moindre mot susceptible de porter atteinte à notre concentration. L'exercice était loin d'être facile. Nous devions arbitrer entre une vitesse optimale et un état de transpiration présentable à l'arrivée. Le fond de l'air chaud et humide ne jouait pas en notre faveur.

— Huit minutes de trajet, on a sauvé les meubles, haletai-je à Delphine une fois devant l'immeuble.

Delphine composa le digicode puis nous montâmes au troisième. Alice nous ouvrit.

— Salut Delphine, quoi de neuf depuis hier soir ? Louis, ça fait longtemps ! Entrez, Maxime vous a préparé des cocktails.

Maxime fit son apparition un verre dans chaque main, ce qui ne me simplifia pas la tâche pour lui en serrer une. Comme à son habitude, il nous avait confectionné un Long Island revisité selon ses propres dosages.

— Asseyez-vous. Vous êtes complètement ruisselants, vous avez couru ou quoi ?

Je laissai à Delphine le soin d'expliquer les multiples raisons de notre retard tandis que je me calai confortablement au fond du canapé.

Alice et Maxime formaient un couple atypique. Alice était une grande brune dotée d'un certain savoir-vivre tandis que Maxime, beaucoup plus petit, se distinguait par son verbe haut et sa vantardise légendaire. Les contraires s'attirent, affirment certaines personnes ; qui se ressemble s'assemble, rétorquent leurs détracteurs. S'ensuivent d'interminables débats qui finissent bien souvent en pugilat.

Pour en revenir à Alice et Maxime, si tout portait à les opposer à première vue, leur union était née d'une passion commune, la médecine. Ils avaient fait ensemble leurs longues années d'études à Bordeaux puis ils s'étaient mariés et chacun avait ouvert son propre cabinet à Biarritz. Alice était psychiatre et son mari dermatologue.

Alice avait croisé la route de Delphine bien plus tôt dans son cursus scolaire, à l'école primaire de Biarritz. Les deux amies ne s'étaient jamais perdues de vue et se rendaient à présent visite tous les jeudis. Alice en connaissait probablement davantage que moi-même sur Delphine, et inversement Delphine m'avait rapporté certaines anecdotes sur Alice que le pauvre Maxime était à mille lieues d'imaginer.

Ce même Maxime me tira de ma torpeur en agitant un paquet de cacahuètes sous mon nez.

— Alors Louis, comment ça va au boulot ?

— Au boulot ? Ne m'en parle pas. Lundi, un client m'a demandé de lui refaire son salon façon villa romaine. J'ai passé toute la semaine à plancher sur des statues, des colonnes et des mosaïques. Ce matin je lui présente le projet, et cet animal me répond qu'il est hors de question de déplacer ses armoires normandes qui occupent la moitié de sa pièce. J'aurais dû lui coller deux ou trois amphores dans un coin, ça aurait été mieux pour tout le monde. Enfin ça fait partie du métier. Ça doit parfois te démanger toi aussi de massacrer tes clients avec ton scalpel.

— Tu veux parler de mes patients ? Au contraire, c'est en vie qu'ils me sont le plus utiles, s'insurgea Maxime en brandissant sa nouvelle montre. Regarde-moi ça ! À trente-trois ans, il était plus que temps de me payer une Rolex. Dernièrement il y a eu un arrivage de méduses sur Biarritz, du pain bénit pour les affaires. Alors comme tu vois, je profite du moment présent. Mais une chose m'inquiète à moyen terme, c'est la prévention de plus en plus efficace contre les poussées d'acné. Tout un marché va bientôt s'effondrer. Malheureusement, je ne crois plus en l'arrivée de nouvelles dermatoses qui permettraient d'accroître à nouveau la demande. Alice devient folle quand elle m'entend parler comme ça, mais qu'est-ce que tu veux, le corps humain est un business comme un autre... À propos où sont passées les filles ? En train de parler chiffons ?

— On est dans la cuisine, Delphine m'explique le fonctionnement des mitochondries, répliqua Alice depuis la pièce voisine. Pour ta gouverne, on entend toutes tes insanités.

Maxime m'adressa un clin d'œil :

— Le plat va bientôt arriver. Alice a préparé un mijoté de lotte à la Norvégienne, c'est moi qui ai cuit le riz qui l'accompagne.

Une fois tout le monde réuni autour de la table, la discussion prit un dangereux tournant politique débouchant sur les sempiternels radars automatiques.

— J'ai été flashée hier soir en allant rejoindre Delphine, je n'ai pas été assez prudente, confessa Alice.

— Tu tombes dans leur piège, ils cherchent à te culpabiliser pour te faire croire que l'argent qu'ils te volent leur revient de droit, lui exposa Maxime d'un ton docte. Vous alliez où comme ça ?

— À la Table à Cinq Pieds.

La Table à Cinq Pieds était un restaurant situé sur le front de mer qui avait la particularité de mettre à l'honneur le chiffre cinq sous toutes ses formes : les assiettes étaient pentagonales, les tables comme les chaises pourvues de cinq pieds, les fourchettes de cinq dents, le tout éclairé par des chandeliers à cinq branches.

Ce que venait de dire Alice me parut étrange au plus haut point.

— Vous avez mangé à la Table à Cinq Pieds ? redemandai-je, quitte à passer pour un lourdaud.

— Tout-à-fait, confirma Delphine. Comme d'habitude j'ai pris l'agneau aux cinq parfums, un délice.

Un ange passa.

— Bon, si vous permettez, je vais chercher le dessert que Delphine a apporté, annonça enfin Alice.

Tous les convives félicitèrent Delphine sur son moelleux à l'orange tandis que je me perdais dans des pensées beaucoup plus noires.

— Louis, tout va bien ?

— Je crois que j'ai un coup de barre, j'ai accumulé du sommeil en retard. On ne va pas tarder.

— Étant donné les valises que tu te payes, tu ferais mieux d'aller te coucher, me conseilla Maxime. Et c'est le médecin qui parle. Alice vous racontera ses histoires de fous une prochaine fois.

Sur le chemin du retour, je ne desserrai pas la mâchoire. Delphine entreprit de briser le silence :

— Comment tu as trouvé mon moelleux à l'orange ?

— Amer, trop amer.

Pour une raison que j'ignorais, Alice et Delphine avaient menti. Au cours de la semaine, j'étais passé plusieurs fois devant la Table à Cinq Pieds pour me rendre chez un client. Le restaurant était fermé pour travaux.

II

Je me tournai et me retournai dans le lit pendant que Delphine sombrait dans un sommeil profond. À mesure que je m'empêtrais dans mes draps, les interrogations s'enchevêtraient dans mon esprit, une question en entraînant une autre. Quelle raison avait poussé Delphine à me mentir sur son emploi du temps, elle qui avait toujours été sincère avec moi ? Sa franchise était parfois même excessive. La dernière fois, je lui avais offert un sac à main après une longue et éprouvante hésitation sur le modèle. Sans prendre de gants, elle m'avait signifié qu'il n'était pas à son goût et elle était partie l'échanger le jour même.

Je ne comprenais pas davantage comment elle avait pu entraîner Alice, qui incarnait à mes yeux la bienveillance absolue, dans ses affabulations. Quant à Maxime, m'avait-il trahi lui aussi comme Judas ? Et si c'était lui le mari trompé ? Dans ce cas, Delphine aurait menti pour couvrir Alice. À cette idée j'esquissai malgré moi un sourire amusé puis retrouvai rapidement ma gravité en songeant que ça ne m'expliquait pas où était passée Delphine la veille au soir.

Une autre théorie me remit un peu de baume au cœur. Les trois compères avaient très bien pu se réunir pour me préparer une surprise. Certes, j'avais fêté mon anniversaire le mois précédent, mais Alice et Maxime, alors en congé, n'avaient pas pu venir ce jour-là.

J'avais beau passer et repasser dans mon esprit les événements des jours précédents, aucun élément inhabituel ne me permettait d'étayer une hypothèse plutôt qu'une autre. J'avais bien remarqué que Delphine était plus stressée que d'habitude. Ses derniers conseils de classe avaient été mouvementés, quelques éclats de voix ayant retenti lors de l'évocation du redoublement de certains élèves. En vacances depuis la veille, elle serait désormais loin de toute cette agitation.

Ma faculté de juger la gravité de la situation en me cantonnant à la raison pure avait atteint un point critique. Je devais passer à la pratique. Dans cette optique, la solution de facilité aurait été de questionner directement Delphine. Je m'y refusai, évidemment. En agissant ainsi, je n'aurais fait qu'éveiller ses soupçons, perdant toute possibilité de mener à bien mon enquête. Un mode opératoire bien plus prometteur s'imposait à moi : chercher dans son téléphone portable qui elle avait bien pu contacter ces derniers jours. Cette manipulation pouvait soulever un problème éthique mais je devais passer outre. Je me trouvais dans un cas de force majeure. Après tout certains pays ne se privent pas pour accéder à ce genre de données, alors pourquoi me gêner davantage ?

J'entamai la quête du portable sans plus tarder. Assis sur le lit, au bord de la mezzanine, j'avais une vue d'ensemble sur toute la pièce. Les lueurs de la ville filtraient à travers les rideaux, laissant deviner dans la pénombre l'iPhone de Delphine sur la table en contrebas. À mes côtés, sa propriétaire semblait dormir du sommeil du juste. Je tentai une descente. Alors que j'arrivai vers le milieu de l'échelle, mon pied ripa, un barreau grinça, Delphine grogna. Cramponné au montant, je stoppai ma respiration.

— Louis ? Qu'est-ce que tu fais ? demanda Delphine d'une voix pâteuse.

— Je vais boire un verre d'eau.

Je n'étais pas mécontent de mon sens de la répartie. Un prétexte simple mais efficace, lâché du tac au tac. Je commençai à remonter l'échelle lorsque je me rendis compte que, de la même façon qu'en politique, un peu de cohérence entre les paroles et les actes ne pouvait pas faire de mal. Je redescendis boire un coup pour la beauté du geste, puis me résolus à reporter l'opération au lendemain au vu de mon état et des risques encourus.

Je fus réveillé par Delphine qui sifflotait, accompagnée par les chants des oiseaux. Elle avait écarté les rideaux et depuis le lit je pouvais contempler l'océan sous un ciel sans nuage. Un délicat fumet de café et de croissants m'effleura les narines, m'indiquant qu'elle était levée depuis un moment. Décidément, en l'espace de quelques heures, mon état d'esprit avait changé du tout au tout. Quelle mouche m'avait piqué de gamberger toute une partie de la nuit au détriment d'un repos salvateur et salutaire ? Je me faisais souvent cette réflexion lorsque je réfléchissais à mon travail tard le soir. En général, les idées qui m'avaient tenu en éveil et que j'avais trouvées géniales la veille perdaient de leur piquant au moment du réveil.

Après quelques minutes de douce apathie, je me res-
saisis en repensant au téléphone portable. Parmi toutes
mes conjectures sans but et sans mobile, cette idée-là
sortait du lot. Ce fut le déclic que j'attendais pour me
lever.

— Bien dormi à ce que je vois ! Il est presque onze
heure, me signala Delphine. Son ton était guilleret, elle
semblait avoir mis mon humeur de la veille sur le
compte de la fatigue.

— Merci pour les croissants, je n'aurais pas fait
mieux.

En attendant que la vérité éclate, je me résolvais à
être de meilleure compagnie que la veille. Delphine avait
finalement droit comme tout citoyen à la présomption
d'innocence.

— Je te laisse terminer tout seul, je vais prendre une
douche, m'annonça-t-elle bientôt.

Quelques instants plus tard, j'entendis le bruit de
l'eau frapper les parois de la cabine de douche. Je me
précipitai sur l'iPhone de Delphine. Dans la liste des
appels reçus, émis et manqués durant les deux derniers
jours figuraient sa collègue professeur de maths Læticia,
son frère Julien, sa copine Alice et moi-même. Rien de
suspect a priori. En parcourant les SMS, un seul retint
mon attention. Il provenait d'un dénommé « Dimitri,
Lycée » inconnu de mes services, et contenait en subs-
tance : « Je ne pourrai pas venir au conseil de classe des
PS2. Merci de transmettre à Bernardeau. Biz ». À moins
d'avoir été écrit à l'aide d'un code extrêmement élaboré,
ce message ne présentait en définitive pas le moindre

intérêt. Du côté de ses recherches Internet, je tombai sur un historique ennuyeux à pleurer : « date soldes été », « calories kouign-amann », « recette moelleux à l'orange » ainsi qu'une dizaine de requêtes dans ce goût-là. Décidément, Delphine avait tout prévu. Elle avait dû effacer consciencieusement toute information compromettante.

Je commençai à perdre espoir lorsque je fus guidé par une idée lumineuse : quid de l'application GPS ? Bingo. La veille, dans l'après-midi, Delphine avait recherché l'itinéraire Biarritz – Aïnhoa. Cette découverte me permit de présumer de sa destination précise. L'oncle de Delphine possédait une petite maison de berger dans l'arrière-pays, non loin du village d'Aïnhoa. Cet oncle était parti en maison de retraite quelques années auparavant. Il avait confié les clés de son logis à Delphine qui demeurait l'unique membre de la famille encore dans la région. Nous nous y étions rendus plusieurs fois et je pensais pouvoir retrouver le chemin à partir du village. Il ne me restait qu'à attendre le bon moment pour organiser mon escapade.

Dans l'après-midi, une occasion en or se présenta. Delphine fut prise d'une irrésistible envie de shopping. Ce phénomène s'expliquait par le début de ses vacances d'été associé à la période des soldes, un cocktail particulièrement dangereux. Cette frénésie m'est pour ma part tout à fait étrangère. Je n'ai pas la prétention d'être épargné plus qu'un autre par les charmes de la consommation, c'eût même été incongru dans l'exercice de mon métier. Cependant, les essayages et la queue aux caisses ne me réjouissent pas davantage que pousser un caddie dans un supermarché. Ce qui ne m'empêche pas d'apprécier à sa juste valeur un réfrigérateur rempli de victuailles ou un nouveau costume une fois acheté.

Delphine me proposa pour la forme de l'accompagner. J'avais accepté par erreur son invitation trop souvent par le passé et nous l'avions tous deux regretté. Lorsque je déclinai comme attendu, elle partit sans tarder et sans se faire prier.

Frétillant d'impatience, je furetai dans tous les coins pour chercher les clés de la maison d'Aïnhoa qui n'étaient plus à leur emplacement habituel. En vain. Je devais faire avec, c'est-à-dire sans. Je pris le soin d'écrire à la hâte un petit mot d'absence, puis filai en direction du parking où m'attendait mon bolide, une petite Clio rouge. Je mis une bonne demi-heure avant d'atteindre le village. Après l'avoir traversé, je reconnus la route de terre. La dernière fois que je l'avais empruntée remontait à l'été précédent, au cours duquel nous étions partis de bonne heure pour une longue marche à travers la montagne. J'appréciais particulièrement cet endroit et je n'étais pas le seul. Sa réputation attirait touristes et randonneurs qui sillonnaient tant le village lui-même que ses alentours. Par chance, le site restait remarquablement préservé. En quelques minutes de marche, il était possible de se retrouver en pleine nature avec des points de vue magnifiques embrassant une bonne partie du département, des Pyrénées à l'Atlantique.

Une fois la maison en vue, je me garai à l'écart. La couleur rouge vif de ma voiture ne passait pas inaperçue. En sortant de l'habitacle climatisé, je constatai que la chaleur au dehors était devenue écrasante. Je parcourus quelques mètres en direction de la bâtisse et remarquai que la porte d'entrée semblait légèrement entrouverte. Je ne m'inquiétai pas outre mesure quant à un éventuel cambriolage, c'était une vieille maison de pierre qui n'abritait aucun objet de valeur. Depuis l'extérieur je ne percevais pas un bruit. Après quelques minutes d'observation, je me résolus à entrer. Il me suffit de pousser légèrement la porte pour qu'elle s'ouvre. Je restai un moment sur le seuil, le temps que mes yeux s'habituent à l'obscurité. Je fus tout d'un coup pris d'effroi. Un homme se tenait là, allongé sur le lit.

III

— Louis ? Qu'est-ce que tu fous là ?

— Julien ! Mais qu'est-ce que tu fais ici ?

Julien était le frère cadet de Delphine. Il habitait en région parisienne et jamais je n'aurais imaginé le trouver ici. J'avais bien aperçu un appel de Julien sur le téléphone de Delphine quelques heures auparavant mais je l'avais aussitôt lavé de tout soupçon : Julien avait quitté Biarritz pour Paris car il trouvait la ville trop petite et pas assez animée à son goût. Le calme et l'air pur lui soulevaient le cœur. Le trouver dans cette maison isolée, c'était un peu comme si lui me surprenait installé dans un transat sur la dalle de la Courneuve.

Julien me fit rapidement revenir à la réalité.

— C'est ma sœur qui t'a dit de rappliquer ici ? aboya-t-il tout d'un coup. À en juger par son ton à la fois agressif et engourdi, je l'avais probablement réveillé.

— Pas du tout, elle n'est même pas au courant que je suis là. Toi ça va bien sinon ?

— Tu te fous de ma gueule ? Casse-toi d'ici.

— Oh là, tout doux ! Qu'est-ce qui t'arrive ?

Julien était à présent dressé sur son lit, menaçant. La pièce était plongée dans l'obscurité. Les larges murs de pierre maintenaient une fraîcheur presque glaciale qui contrastait avec la canicule extérieure.

J'hésitai un instant entre prendre mes jambes à mon cou ou mon courage à deux mains. En premier lieu, je décidai de mettre en pratique les gestes que j'avais appris pour amadouer un chien impulsif. En évitant tout mouvement brusque, je tirai doucement une chaise vers moi. À ma grande surprise, Julien sembla comprendre que je voulais juste discuter posément et qu'il n'y avait aucune raison de mordre. Il s'assit docilement et m'exposa les raisons qui l'avaient poussé à fuir la capitale.

Julien s'était installé à Paris un peu plus d'un an auparavant. Il avait coup sur coup trouvé un emploi de serveur dans une brasserie et fait la rencontre d'une voisine, Elsa, qui travaillait dans une boutique de souvenirs au pied de son immeuble. Les deux tourtereaux semblaient faits l'un pour l'autre. Elsa n'avait pas tardé à emménager chez lui.

La pénombre qui régnait dans la pièce commençait à m'oppresser.

— Désolé de te couper mais je vais ouvrir les volets. On n'y voit rien ici.

À la lumière du jour, je constatai que l'aspect de Julien était négligé au possible. Il était débraillé, mal rasé et avait les traits tirés. Si son idylle commençait bien, je ne misai pas lourd sur une fin heureuse.

Julien poursuivit son récit, nous ramenant quatre jours en arrière. Le couple célébrait son premier anniversaire de vie commune. Julien avait saisi l'occasion pour demander Elsa en mariage, laquelle avait répondu oui sans hésiter.

L'euphorie fut de courte durée. Le lendemain soir, Elsa n'était toujours pas rentrée à l'heure du dîner. Très inquiet, Julien avait tenté de la joindre toute la soirée et avait contacté amies et parents qui ne purent le renseigner davantage.

Après une nuit blanche, il avait enfin reçu un SMS. Le message était laconique et sans équivoque : « Je te quitte ». Julien était abasourdi. Pourquoi cette décision alors qu'ils s'entendaient à merveille ? Sa demande en mariage avait-elle été prématurée ? Elsa avait peut-être paniqué.

Il avait à nouveau tenté de l'appeler : personne. Il s'était ensuite précipité dans le magasin où Elsa travaillait, juste en bas de chez lui. Elle n'y était pas non plus.

Julien était anéanti. À sa brasserie, son patron s'était rapidement rendu compte qu'il n'était pas dans son assiette et lui avait conseillé de prendre quelques jours de congé pour changer d'air. Je me fis la réflexion que j'aurais pris la même initiative que le patron si mon employé arborait une mine semblable à celle que j'avais en face de moi. C'était un coup à faire fuir le client.

Suivant les bons conseils de son patron, Julien avait décidé de se mettre au vert dans la maison de son oncle. Pour une fois, il préférait être seul. Mais une fois à la gare de Biarritz, il avait réalisé qu'il était contraint de passer par sa sœur pour récupérer les clés. Il lui avait passé un coup de fil et était parti l'attendre à la sortie du lycée.

— Delphine est venue ici avec toi ?

— Oui, c'est elle qui m'a ramené ici. Comme j'avais rien à grailler, on est allé faire quelques courses. Après j'avoue j'ai un peu abusé. Je lui ai dit de dégager et qu'on me fiche la paix. Je voulais juste être pénard mais apparemment elle l'a mal pris.

— Tu m'étonnes.

Delphine avait dû être profondément vexée. J'avais eu l'occasion de la froisser pour moins que ça, et dans ces cas-là, mieux valait faire profil bas et éviter à tout prix de revenir sur l'origine de la discorde. C'était probablement pour cette raison que Delphine avait préféré me taire cet épisode. Alice était la seule personne à qui elle pouvait confier ce genre d'humiliation. Comme les deux amies devaient en principe se voir ce soir-là, elles avaient dû convenir d'étouffer l'affaire, loin d'imaginer que j'étais un aussi fin limier.

Je me sentis honteux d'avoir douté de Delphine. Du reste, la belle histoire que son frère m'avait contée ne me regardait absolument pas. Un peu mal à l'aise, je décidai de prendre congé et de rentrer à Biarritz.

— Tu passeras le bonjour à Delphine. Mais attention, pas d'embrouilles, je n'ai besoin de personne, je ne veux plus vous revoir ici, ni elle ni toi, me chapitra Julien en me serrant très fermement la main.

J'empruntai le petit sentier menant à ma voiture et repris la route de Biarritz. Sur le trajet, j'étudiai la manière dont j'allais présenter les choses à Delphine. Il était préférable de tout lui dire plutôt que d'être pris à mon tour dans une spirale du mensonge et de m'y fourvoyer.

À mon arrivée, je constatai que Delphine était rentrée de ses emplettes. De nombreux sacs jonchaient l'entrée de l'appartement. Je m'assis en face d'elle et vidai le mien. Soulagée que la vérité soit rétablie, Delphine ne s'offusqua pas, du moins sur le moment, de ma virée en solitaire. Elle me confia que l'attitude de son frère envers elle l'avait outrée, il avait été d'une humeur massacrante du début à la fin de leur entrevue. Mais elle s'était fait une raison et les sautes d'humeur de ce dogue lui passaient désormais par-dessus la tête. Je lui expliquai que Julien n'avait pas voulu la blesser mais qu'il était au fond du trou et qu'il préférait y rester seul. Delphine fut très étonnée d'apprendre qu'Elsa avait quitté son frère. Julien ne lui en avait pas touché le moindre mot. Je fis le parallèle avec le mensonge du restaurant et en conclus que malgré la force des liens du sang et des liens conjugaux, les confidences entre amies ou beaux-frères sont parfois plus faciles qu'au sein d'un couple ou d'une fratrie.

Delphine me confirma qu'elle avait convenu avec Alice d'un alibi car elle craignait que j'envenime la situation en apprenant comment son frère s'était conduit envers elle. Alice avait finalement dîné chez une autre amie. Quant à Maxime, il était tellement gaffeur qu'Alice avait soigneusement évité de lui parler de cette soirée.

J'étais passé un peu vite sur l'élément déclencheur de mon excursion et Delphine sut me le rappeler :

— Tu as préféré fouiller mon téléphone plutôt que de m'en parler ?

— Et toi, tu as préféré mentir sur ton emploi du temps plutôt que de m'en parler ?

J'avais préparé cette réplique sur le trajet du retour.

— Ce n'était pas tes affaires. Mon iPhone par contre c'est mes affaires.

Je n'avais pas anticipé cette réponse et ne savais plus comment riposter. Tant pis, le débat était clos. Je changeai habilement de sujet en suppliant Delphine de me montrer ses nouveaux achats. Un peu de diplomatie n'a jamais fait de mal à personne.

Elle me fit examiner sous toutes les coutures ses nouvelles robes, débardeurs et petits pulls. Dans la foulée, elle me proposa d'aller courir sur la plage pour profiter du début de soirée. Nous essayions de pratiquer une activité sportive au moins une fois par semaine, une fréquence minimale pour en ressentir les effets dont le principal était de nous donner bonne conscience. Lorsqu'il faisait trop froid, la natation prenait le relais de la course à pied.

Je plaçai mon cardio, enfilai mon fuseau, chaussai mes runnings. J'étais paré pour le footing. Comme à notre habitude, nous commençâmes par nous diriger vers la plage avant de longer l'océan à la frontière entre le sable sec et la zone humide. Le soleil commençait à décliner mais la chaleur était encore pesante. Delphine restait pensive. Le repli de son frère sur lui-même la travaillait. Elle remit le sujet sur le tapis :

— Tu as eu l'impression qu'il commençait à se remettre de sa rupture ?

— Pas du tout. Il commençait plutôt une dépression. Si elle cherchait à se rassurer, c'était raté.

— Tout ça m'inquiète. On devrait revenir lui parler.

— Ce n'est pas une bonne idée. Il me l'a redit plusieurs fois et m'a quasiment menacé, il veut être seul. Si on y retourne ça risque de mal finir.

— J'ai une autre proposition, déclara Delphine après un instant de réflexion. Comme je suis maintenant en vacances, j'irais bien faire un peu de tourisme à Paris. J'en profiterai pour essayer de parler avec cette Elsa. C'est vraiment bizarre qu'elle soit partie comme ça sans explication.

— Pourquoi pas. Dans ce cas je prends quelques jours et je t'accompagne.

IV

Je travaillais à Biarritz depuis plusieurs années déjà. Quelque temps après mon arrivée, j'avais repris la clientèle d'un architecte d'intérieur avec qui j'avais débuté et qui était parti à la retraite. Les affaires marchaient plutôt bien. Dans la région, les clients désireux de réagencer leur villa ne manquaient pas et heureusement pour moi ne semblaient pas trop souffrir de la crise. Les premières années, j'acceptais systématiquement toutes les offres qui se présentaient à moi ; mes horaires se dilataient à mesure que mes congés diminuaient. J'avais fini par comprendre qu'à partir du moment où j'honorais un nombre de commandes suffisant, je pouvais me permettre d'en refuser quelques-unes, en priorité celles provenant des clients aux goûts les plus douteux. Je fus dès lors en mesure de disposer de mon temps comme bon me semblait, ce qui me permit cette semaine-là de m'accorder à la dernière minute quelques jours de congé pour accompagner Delphine à Paris.

Nous prîmes le train le mardi matin de bonne heure et descendîmes à la gare Montparnasse en milieu de journée. Delphine me suggéra d'emprunter ensuite la ligne douze pour nous diriger vers l'immeuble de Julien, au pied duquel se trouvait la boutique où travaillait Elsa. Je découvris les joies du métro parisien pendant les fortes chaleurs. À la suite d'un incident en raison d'un « malaise voyageur », nous nous retrouvâmes dans une rame bondée, à tel point que l'accordéoniste qui patientait avec nous sur le quai préféra attendre le train suivant pour entamer sa tournée. Coincé sous l'aisselle d'un imposant monsieur qui ne connaissait manifestement pas l'usage de la savonnette, mes narines furent interpellées par d'improbables fragrances aux notes acidulées sur un fond intensément musqué. Puis ma gorge et mes yeux commencèrent à me piquer.

Paris était sans doute une ville admirable mais elle pouvait rapidement s'avérer oppressante. À l'inverse, les Parisiens percevaient probablement Biarritz comme une ville agréable pour les vacances d'été mais déprimante pendant les longs mois d'hiver. De mon point de vue, les mois de juillet et d'août constituent précisément la période la moins plaisante à Biarritz, durant laquelle le bruit des vagues devient à peine perceptible derrière le tumulte des vacanciers. En voyant chaque été déferler ces hordes de Parisiens armés de pelles, de seaux et bouées canard, je songe avec nostalgie à ma plage hivernale déserte et glaciale.

Nous sortîmes du métro à la station Lamarck – Caulaincourt non loin de la butte Montmartre. Delphine nous mena jusqu'à l'adresse de son frère. Comme prévu, une boutique de souvenirs occupait le rez-de-chaussée. Nous entrâmes.

C'était un de ces commerces qui vendait toutes sortes de marchandises tenues de respecter deux grands préceptes : évoquer de près ou de loin la ville de Paris et provenir de Chine. Des galettes du Mont-Saint-Michel, cachées dans un coin, constituaient l'exception qui confirmait la règle.

Je me demandais comment une telle affaire pouvait prospérer dans cette ruelle à l'écart des foules. Il n'y avait d'ailleurs pas un chat à part une vendeuse à l'allure peu féline. Elle se tenait affalée derrière sa caisse, en grande conversation téléphonique, se plaignant tantôt de la chaleur tantôt de son mari. Sous son épaisse couche de fond de teint, je lui donnais la cinquantaine bien tassée. Espérant lui faire abréger son coup de fil, nous fîmes le tour du propriétaire, affectant un extrême intérêt pour la qualité de la verroterie exposée. Mais rien n'y fit, la malotrue daigna à peine nous adresser un regard. Quand elle raccrocha enfin, Delphine reposa sans regret un Sacré-Cœur dans une boule à neige et se précipita dans sa direction.

— Bonjour madame, est-ce que je pourrais parler à Elsa ?

— Ah, celle-là !

— Elle est ici ?

— Non.

— Et vous savez où elle se trouve ?

— Aucune idée.

— Nous devons lui parler, c'est extrêmement important.

La vendeuse nous toisa tour à tour avec nonchalance.

— Bon. Je vais chercher Paul.

Dans sa grande bonté, elle se résolut à se lever de

son fauteuil et disparut dans l'arrière-boutique.

Je m'avançai vers Delphine.

— Bonjour l'accueil. Si un jour j'achète un porte-clés Tour Eiffel ça ne sera pas ici.

Un jeune homme très grand et très mince sortit de la réserve avec un large sourire aux lèvres. Avant même qu'il ouvre la bouche il rattrapait déjà l'impression désastreuse que nous avait laissée sa collègue.

— Bonjour messieurs-dames, Paul à votre service. Marthe m'a dit que vous cherchez Elsa ?

— Oui, nous aimerions lui parler. Vous savez où elle se trouve ? demanda Delphine.

— Si ce n'est pas indiscret vous êtes des amis, de la famille ?

— Ni l'un ni l'autre. Je suis la sœur de son copain.

— Je vois, c'est la copine de votre frère. Je suis bien ennuyé pour vous, elle n'est pas là ces jours-ci. Elle m'a envoyé un SMS pour nous prévenir de son absence, elle est partie chez un cousin en province. Elle avait besoin de se changer les idées. Il faut dire que la veille, au magasin, elle avait la tête ailleurs, la pauvre. Elle s'était querellée avec votre frère et ils venaient de rompre.

— Ils se sont disputés ? s'étonna Delphine.

— Oui, et si j'ai bien compris, Elsa a dû filer après sa journée de travail. Le lendemain, votre frère a débarqué ici à la première heure et a retourné la moitié de la boutique pour la chercher. Il est même rentré dans la réserve, on a failli appeler la police.

— Je suis désolée pour mon frère. Il n'est pas comme ça d'habitude, il devait être sous le choc.

— C'est moi qui suis navré. Julien passait de temps en temps ici, ils avaient l'air de bien s'entendre. C'est malheureux que ça se soit terminé comme ça.

Nous prîmes congé, perplexes. Jamais Julien n'avait évoqué la moindre dispute préalable au message de rupture qu'il avait reçu. Quelle raison l'avait poussé à déformer la réalité ? Il n'était tout de même pas obligé d'en rajouter en m'affirmant que sa demande en mariage s'était passée à merveille.

Une fois dehors, nous entrâmes par la porte cochère jouxtant la boutique afin de jeter un coup d'œil sur l'immeuble où habitait Julien. Nous débouchâmes sur une petite cour à l'opposé de laquelle un escalier menait aux différents appartements. Un homme surgi de nulle part vint nous aborder et se présenta comme le gardien de l'immeuble. Son visage s'éclaira lorsque Delphine prononça le nom de son frère.

En bon concierge, il nous rapporta avec force détails les allées et venues de Julien et d'Elsa. Julien était passé le voir la semaine passée pour lui demander, paniqué, s'il avait vu Elsa. Non seulement il ne l'avait pas vue à ce moment-là mais elle n'était pas repassée à son appartement depuis alors qu'elle y avait laissé toutes ses affaires. Les volets étaient restés clos et la boîte aux lettres débordait de courrier. Selon notre interlocuteur, il était nécessairement arrivé quelque chose de grave.

Il avait livré ses réflexions aux parents d'Elsa qui n'avaient pas réussi non plus à la joindre. Je lui rapportai ce que nous avait appris l'employé de la boutique, à savoir qu'Elsa serait partie quelques jours chez un cousin.

Le concierge était tout disposé à discuter avec nous encore un bon moment mais l'après-midi était déjà bien entamée et la faim commençait à se faire sentir. Il nous indiqua l'adresse de la brasserie où travaillait Julien qui se trouvait à quelques rues de là. Ce n'était pas une mauvaise idée, même si j'étais d'avis de changer ensuite de quartier et de visiter un peu la ville.

Malgré l'heure tardive, la brasserie était encore ouverte pour déjeuner. Nous nous installâmes en terrasse pour profiter du soleil. Delphine commanda un cheeseburger. Je lui fis remarquer que ça ne sonnait pas très local, bien qu'étant incapable de citer une seule spécialité de la région en dehors des champignons de Paris et du jambon du même nom.

En attendant le plat, nous discutâmes un moment avec le patron de Julien. Il ne savait pas grand-chose de l'affaire, si ce n'est que les parents d'Elsa avaient appelé plusieurs fois la brasserie ces derniers jours, affolés par les théories du concierge plus macabres les unes que les autres.

Au moment du dessert, le téléphone de Delphine sonna. Le numéro commençait par 01, l'indicatif de la région parisienne. Pendant qu'elle décrochait, j'entamai sans attendre mes profiteroles, de peur que le chocolat fondu ne réchauffe la glace ou qu'à l'inverse la glace ne refroidisse le chocolat fondu. Je ne prêtais qu'une oreille distraite à la conversation jusqu'à ce que Delphine couvre le micro avec sa main et me chuchote, blanche comme une feuille :

— C'est le commissariat. Les parents d'Elsa ont entamé une procédure pour disparition inquiétante.

V

Delphine et le commissaire échangèrent un moment au téléphone. Les policiers, ne parvenant pas à joindre Julien, avaient fini par contacter Delphine qui communiqua sans plus attendre l'adresse d'Aïnhoa afin qu'une équipe de gendarmes d'Espelette, le village voisin, soit dépêchée sur place pour retrouver son frère au plus vite.

Il fut convenu d'un rendez-vous sur-le-champ au commissariat situé à quelques stations de métro de là afin de transmettre à la police tous les éléments en notre possession pour le bon déroulement de l'enquête.

À notre arrivée, un petit homme à lunettes vint à notre rencontre, l'air grave. Son bouc poivre et sel taillé en pointe lui conférait un air inquisiteur.

— Commissaire Colin, enchanté. C'est moi que vous avez eu tout à l'heure au téléphone.

Le commissaire nous mena vers son bureau, une grande pièce aménagée dans le plus pur style des années soixante. Le lino d'un beige hôpital était en parfaite harmonie avec la moquette murale brunâtre et la table en Formica s'accordait à merveille (pour ne pas dire formicablement) avec les grandes armoires métalliques. Un ordinateur plus récent encore que le mien trônait sur le bureau, totalement anachronique.

Le commissaire nous désigna deux chaises en Skaï et pointa son bouc en direction de Delphine.

— Avant toute chose, avez-vous une photographie récente de votre frère ? Pour tout vous dire, les photos en notre possession semblent obsolètes, il a l'air d'avoir douze ans dessus.

Delphine hésita un instant, préoccupée par une ennuyeuse sensation de trahison à l'égard de son frère. Cependant, Julien étant nécessairement innocent, il n'y avait aucune raison de faire obstacle à la requête du commissaire.

— Oui, il y en a chez moi, à Biarritz... Mais une amie possède des photos de notre mariage, Julien doit figurer sur un certain nombre d'entre elles. À l'heure qu'il est, elle est sûrement rentrée chez elle. Je vais lui passer un petit coup de fil, je reviens.

Je compris que l'amie en question était Alice. Delphine réapparut après quelques minutes passées dans la pièce voisine.

— Mon amie va nous transférer les photos de Julien, on pourra bientôt les récupérer sur votre ordinateur.

Le commissaire ne se déridait pas. Il nous sonda du regard, les sourcils froncés :

— Bien. Je vous résume la situation. Les parents d'Elsa sont venus nous faire part de leur inquiétude concernant leur fille. Ils ont mentionné un faisceau d'éléments nous permettant de prendre très au sérieux sa disparition. Pour tout vous dire, le parquet vient d'ouvrir aujourd'hui une enquête pour disparition inquiétante. Cela fait à présent une semaine que la jeune fille n'a pas donné signe de vie. Elle n'a pas emporté d'affaires avec elle et son compte bancaire n'a subi aucun mouvement depuis la date de sa disparition. Pour tout vous dire, nous ne pouvons exclure ni la piste de l'enlèvement ni celle de l'homicide.

À ces mots je sentis Delphine vaciller à côté de moi. Le commissaire poursuivit :

— Le problème est que nous n'avons pas réussi à joindre jusqu'ici votre frère Julien qui serait le mieux placé pour nous éclairer. Vous m'avez déclaré tout à l'heure que vous l'aviez vu récemment. Je vous écoute.

Delphine rapporta dans les grandes lignes nos visites respectives à Aïnhoa. Lorsque le commissaire comprit que notre présence à Paris ne tenait pas du hasard, il parut interloqué. Pensant visiblement que nous le suspections nous aussi, il commença alors à accuser ouvertement Julien. Je décidai d'intervenir :

— Jusqu'à preuve du contraire, nous croyons que Julien n'a rien fait. S'il est injoignable, c'est tout simplement parce que son portable ne capte pas là où il est. Je l'ai moi-même constaté avec mon téléphone quand je suis allé le voir. Julien est parti pour se changer les idées et il s'expliquera dans quelques minutes sur ce sujet avec vos collègues. Et puis je ne vois pas en quoi cette disparition est tellement inquiétante, Elsa a elle-même envoyé à Julien un SMS de rupture et à un de ses collègues un autre message pour lui dire qu'elle était chez un cousin.

— Je n'avais pas connaissance de ces SMS, objecta le commissaire. Pour tout vous dire, nous attendons de récupérer les factures détaillées d'Elsa. Vous vous doutez bien que ses parents ont interrogé les amis et la famille. Cette histoire de cousin est à mes yeux improbable, il est tout à fait concevable que ces messages aient été écrits par une autre personne qu'Elsa depuis son téléphone. Mais rassurez-vous, nous vérifierons cette information auprès de la famille et pour tout vous...

Une sonnerie stridente retentit. Je pensai immédiatement à une alarme incendie ou à une alerte à la bombe. C'était le téléphone. La conversation dura à peine trente secondes. En raccrochant, le commissaire lissa nerveusement sa barbiche entre son pouce et son index.

— Je viens d'avoir les collègues d'Espelette. Ils n'ont trouvé personne dans la maison d'Aïnhoa. Votre frère nous a échappé. Il a emporté ses affaires avec lui.

Un frisson me parcourut. Je devais me rendre à l'évidence, le commissaire avait raison depuis le début. L'expression « se mettre au vert » que Julien avait lui-même employée devant moi prenait tout son sens. Il était en cavale.

Si l'on se limitait aux deux pistes évoquées par le commissaire, l'enlèvement et l'homicide, la première semblait difficilement cohérente. Delphine et moi avions conduit et vu Julien seul. Quant à l'idée d'un homicide, elle ne nous avait pas même effleuré l'esprit jusque-là.

Plusieurs éléments avaient joué un rôle dans cet aveuglement, ces SMS que Julien avait effectivement dû écrire lui-même depuis le téléphone d'Elsa et surtout l'histoire qu'il m'avait contée dont je n'avais jamais remis en question l'authenticité.

Dans le cas d'un homicide, je ne pouvais imaginer autre chose qu'un accident, sans doute survenu à la suite d'une dispute. D'où le mensonge au sujet du conflit qui déchirait le couple et dont le collègue d'Elsa avait par hasard eu vent. J'avais pu observer de mes propres yeux la nature impulsive de Julien.

Une fois débarrassé du corps, Julien était rapidement arrivé à la conclusion que la maison d'Aïnhoa était un meilleur point de chute pour une cavale que la région parisienne, en particulier en raison de la proximité avec l'Espagne. Comme Delphine et moi connaissions tous deux son lieu de résidence, il n'avait pu se permettre de prolonger trop longtemps son séjour.

Julien n'étant pas un professionnel de l'évasion, le commissaire avait bon espoir de le retrouver en peu de temps. S'il retirait de l'argent dans un distributeur ou s'il rallumait son téléphone portable, la police parviendrait à le localiser.

Avant de prendre congé, Delphine expliqua la démarche à suivre pour récupérer les photos transmises par Alice. Le commissaire Colin nous tendit sa carte et nous somma de l'appeler si Julien venait à se manifester.

Le retour à Biarritz fut morose. Le lendemain, je réfléchis toute l'après-midi sur mon projet de salon à la romaine pour me changer les idées. Pendant ce temps, Delphine partit faire un tour dans la maison de son oncle avec le maigre espoir de retrouver quelque indice pouvant la mener jusqu'à son frère. En vain. Par ailleurs, nous n'avions pas de nouvelles du commissaire Colin, qui nous avait pourtant promis de tout nous dire, selon ses propres termes, s'il avait un élément nouveau de son côté.

Le soir, Delphine invita Alice et Maxime à dîner. Le couple était susceptible de nous apporter un regard neuf sur cette affaire. Pour l'occasion nous avions prévu un repas simple, composé essentiellement de pizzas livrées à domicile. Alors que je dressai la table pliante, on sonna à la porte.

— Voilà les pizzas ! Tu peux y aller ?

Delphine partit ouvrir. Ce n'étaient ni les pizzas, ni nos invités. C'était Julien.

VI

Nous ne nous étions pas préparés à cette arrivée soudaine. Julien avait dû se rendre compte qu'il ne pourrait pas subsister longtemps dans sa cavale et venait probablement nous demander de l'argent.

— Quel bon vent t'amène ? demanda Delphine, essayant de rester la plus naturelle possible.

Il s'agissait de ne pas le laisser filer.

— J'en avais marre d'être enfermé dans cette baraque. Je suis parti sur les chemins à pinces, cette nuit j'ai dormi à la belle étoile. J'ai pensé passer chez vous avant de remonter sur Paname.

Delphine avait réussi à le mettre en confiance. À l'entendre, il ne se doutait pas qu'il était activement recherché. Sans le savoir, il était passé entre les mailles du filet.

— C'est très gentil de ta part, tu... Ah, on sonne à la porte. Ça doit être Alice et Maxime.

— Je dérange. Je vais y aller, insista Julien.

— Hé Jul, ne me laisse pas tomber ! Tu vas nous faire le plaisir de dîner avec nous.

La situation devenait extrêmement délicate. Delphine avait tenu au courant Alice de notre périple à Paris et de nos soupçons envers Julien. Il fallait éviter toute bévue. Le plus gaffeur d'entre tous étant sans conteste Maxime, je l'entraînai rapidement à l'écart dans la salle de bain, prétextant un problème de chasse d'eau et vantant ses compétences de plombier. Je lui expliquai en quelques mots la situation. Delphine, de son côté, parvint à communiquer avec Alice par des regards et hochements de tête. Le livreur de pizzas eut la bonne idée de débarquer au milieu de ces opérations. Quant à Julien, il ne sembla pas s'émouvoir de toute cette agitation.

Une fois l'apéritif entamé, j'invoquai un appel urgent à un client pour prévenir au plus vite le commissaire Colin. Delphine plissa les yeux dans ma direction pour me donner son feu vert. Je m'installai dans le bureau sous la mezzanine, à quelques mètres à peine de la table. L'isolation phonique était suffisante pour permettre une discussion à voix basse et la paroi vitrée me permettait de surveiller ce qui se passait de l'autre côté. Je sortis de ma poche la carte du commissaire et composai le numéro :

— Bonsoir, je...

— Bonsoir jeune homme. Vous tombez bien, j'étais sur le point de vous appeler, me coupa le commissaire.

— Julien est chez nous. Il ne se doute de rien, mais on ne pourra pas le retenir très longtemps, chuchotai-je.

— Très bien. De notre côté, nous avons retrouvé Elsa.

— Ah bon ? Dans quel état ?

Je m'attendais au pire.

— Rassurez-vous, elle va bien. En revanche, son ravisseur risque de passer un certain temps derrière les barreaux, pour tout vous dire.

On sentait que l'enquête touchait à sa fin, la voix du commissaire était à peine reconnaissable tant il semblait désormais détendu. Mais ce qu'il venait de m'apprendre remettait tout en cause :

— Vous voulez dire que ce n'est pas Julien qui...

— Le frère de votre femme ? Grands dieux, ce pauvre bougre n'a rien à voir avec tout ça. L'homme en question est un collègue d'Elsa. Figurez-vous qu'il l'a enfermée dans les locaux de son magasin.

— Attendez... Un dénommé Paul ? hasardai-je.

— Dans le mille. Un sacré psychopathe, ça se voit au premier coup d'œil. Pour tout vous dire, c'est grâce à votre témoignage que nous l'avons retrouvé aussi rapidement. Vous aviez évoqué deux messages envoyés depuis le téléphone d'Elsa. Après vérification, il s'est avéré qu'un message a bien été envoyé à Julien. En revanche nous n'avons pas trouvé trace de l'autre message, celui qu'aurait reçu ce fameux Paul, ce qui nous a intrigués. C'était le mensonge de trop. On lui a rendu une petite visite qui méritait bien un détour, je dirais même qu'elle valait le voyage.

— Il vous a dit pourquoi il a fait ça ?

— Pour tout vous dire il s'est mis à table sans broncher. Cela faisait un moment qu'il était tombé sous le charme d'Elsa, ce qui n'était absolument pas réciproque, je vous rassure. Quand Elsa lui a annoncé qu'elle comptait se marier avec Julien, ça l'a rendu fou. Il n'a pas trouvé mieux que de l'enfermer dans la cave du magasin. Quand je vous disais qu'il n'était pas net. Une fois sa pulsion passée, il n'a pas su quoi faire. Il ne pouvait pas la relâcher comme si de rien n'était, mais il n'a pas non plus voulu lui faire du mal. Il l'a gardée cloîtrée jusqu'à ce qu'on la retrouve, en lui apportant de quoi manger mais en la menaçant suffisamment pour qu'elle ne fasse pas trop de bruit. Aucun employé n'a remarqué quoi que ce soit. Pour tout vous dire, la cave est une pièce sacrément isolée. On y accède depuis l'arrière-boutique.

Je frémis à l'idée qu'Elsa ait pu se trouver seulement à quelques mètres de nous lors de notre visite au magasin. Quant au coupable, j'aurais préféré que ce fût son autre collègue, Marthe, qui nous avait si mal accueillis. Dommage. J'étais soulagé en tout cas d'apprendre l'innocence de Julien, même si je ne pouvais pas me vanter d'avoir cru en lui jusqu'au bout. Le commissaire Colin non plus du reste. Moi qui me pensais à l'abri des influences extérieures et des conclusions hâtives, ma courageuse dénonciation prenait tout d'un coup des airs d'infâme délation.

Je poussai la porte vitrée et portai à la connaissance de tous l'heureux dénouement sous l'œil abasourdi de mon auditoire, en prenant soin de ne pas m'appesantir sur nos soupçons envers Julien ni sur notre périple à Paris.

— Louis, il y a quelque chose que je pige pas, me questionna Julien à la fin de mon récit. Il y a cinq minutes, tu es parti téléphoner à un client et là tu me dis que tu viens d'avoir les flics.

Le silence qui suivit fut pour le moins embarrassant. On se regardait tous dans le blanc des yeux. Une seule chose comptait, je devais apparaître comme le destinataire du coup de fil et en aucun cas l'émetteur. J'avais très bien pu recevoir un double appel lors de ma discussion avec mon client, il n'y avait pas de quoi en faire toute une histoire. Je m'éclaircis la gorge pour amorcer ma réponse mais Maxime jugea bon de me devancer :

— Eh bien, figure-toi qu'on pensait que tu étais en cavale. Même ta propre sœur y a cru !

Le silence qui suivit fut encore plus insoutenable que le premier. Le frère de Delphine finit par se lever, un large sourire aux lèvres.

— Ah, sacré toi, va ! s'exclama-t-il en assénant une claque monumentale dans le dos de Maxime, lequel venait d'encaisser de violents coups de coude dans les côtes de la part d'Alice pendant que je m'acharnais sur ses jambes sous la table.

Mais lorsque l'on évoqua à nouveau Paul, le collègue d'Elsa, Julien perdit rapidement son air bonhomme :

— Il va y avoir un meurtre. Croyez-moi ou non, j'en suis capable.

Épilogue

— Louis, tu es prêt ? On est en retard.

— Tu vas rire, je n'entre plus dans mon costard.

J'avais développé un nouveau savoir-faire pour créer des liens avec des clients de plus en plus opulents. J'enchaînais les mondanités. Et les petits fours qui vont avec. Cette pratique, bénéfique pour mon portefeuille, l'était beaucoup moins pour mon tour de taille.

Ce jour-là, Delphine et moi étions attendus à une réception d'une toute autre nature : le mariage d'Elsa et de Julien. Un an s'était écoulé depuis le drame qui avait secoué le couple. Nous avions fait la connaissance d'Elsa, une jeune femme ravissante qui avait su inculquer à Julien les bonnes manières. Elle s'était progressivement remise de son aventure et semblait même, contrairement à son futur mari, avoir pardonné à Paul, dont le séjour en prison s'était finalement commué en hôpital psychiatrique. Paul souffrait de graves troubles bipolaires. Sa maladie n'avait jusque-là jamais été prise au sérieux mais elle concordait parfaitement aux témoignages de ses collègues sur son comportement au quotidien.

Avant son arrestation, Paul occupait le poste de responsable du magasin, fonction qui fut tout naturellement réattribuée à Elsa. Excellente dans sa gestion comme dans ses décisions, Elsa avait donné une nouvelle vie à la boutique en choisissant de monter en gamme et de proposer aux clients des produits plus authentiques. Je lui avais même offert ma précieuse collaboration pour réaliser quelques travaux de remise en état. Les effets de ces multiples transformations s'étaient révélés particulièrement fructueux.

En conséquence, le couple avait pu s'offrir un mariage à la hauteur de ses espérances dans un ancien couvent superbement restauré et avait ratissé large pour les invitations.

Pendant le vin d'honneur, j'aperçus le commissaire Colin qui esquissait quelques pas de danse en agitant fiévreusement sa barbiche sur un rythme endiablé, bras dessus-dessous avec une forte femme dont les traits me parurent familiers.

— Marthe ! Dis donc, la dernière fois que je l'ai vue, elle n'était pas aussi prompte à remuer son arrière-train, soufflai-je à Julien qui se tenait à mes côtés.

— Elle a complètement changé depuis qu'elle a largué son mari et qu'elle a retrouvé chaussure à son pied.

— Et cette chaussure, c'est…

— Oui, c'est le commissaire, me confirma Julien.

— Ça c'est un peu gros ! Comme coïncidence, je veux dire.

— Ce n'est pas une coïncidence. Ils se sont vus pendant des heures au cours des interrogatoires qui ont suivi l'arrestation de Paul. Ça a été le coup de foudre.

Sans que je sache bien pourquoi, le spectacle de cette profusion de bonheur dans un cadre aussi fastueux me mettait légèrement mal à l'aise. Julien, qui devait songer à la même chose que moi, sut trouver les mots justes pour définir mon trouble :

— On devrait porter un toast à Paul. On ne va pas se mentir, on lui doit beaucoup.